Henri Regnault, Henri Baillière

Henri Regnault, 1843-1871

Avec un dessin à la plume

Antigonos

Henri Regnault, Henri Baillière

Henri Regnault, 1843-1871

Avec un dessin à la plume

Réimpression inchangée de l'édition originale de 1871.

1ère édition 2024 | ISBN: 978-3-38813-062-0

Antigonos Verlag est une marque de Outlook Verlagsgesellschaft mbH.

Verlag (Éditeur): Outlook Verlag GmbH, Zeilweg 44, 60439 Frankfurt, Deutschland, info@outlook-verlag.de
Vertretungsberechtigt (Représentant autorisé): E. Roepke, Zeilweg 44, 60439 Frankfurt, Deutschland
Druck (Imprimerie): Libri Plureos GmbH, Friedensallee 273, 22763 Hamburg, Deutschland

HENRI REGNAULT

HENRI REGNAULT

1843-1871

Avec un Dessin à la plume

PARIS

ALPHONSE LEMERRE, ÉDITEUR

47, PASSAGE CHOISEUL, 47

—

1871

HENRI REGNAULT

Henri-Georges-Alexandre Regnault, tombé glorieusement devant l'ennemi le 19 janvier 1871, était né à Paris le 31 octobre 1843.

Il était le second fils de M. Victor Regnault, professeur au Collége de France et à l'École polytechnique, directeur de la Manufacture de Sèvres, membre de l'Institut (Académie des sciences), et l'une des gloires scientifiques de la France.

Henri Regnault comptait déjà comme une de nos gloires artistiques : il s'était fait un grand nom, quoique encore très-jeune, et il se serait certainement conquis une belle place à côté des grands maîtres de la Peinture française, si la mort — et quelle mort! — n'avait pas mis à néant tous ces rêves d'avenir.

J'ai beaucoup connu Henri Regnault; une profonde sympathie nous attachait l'un à l'autre, et je ne voudrais pas laisser partir cet illustre ami sans fixer ici quelques souvenirs, sans consacrer la mémoire des instincts précoces qui faisaient pressentir son génie, des succès du jeune homme qui tenaient les promesses de l'enfant, des éminentes qualités de son esprit et de son cœur.

Tout enfant, Regnault avait pris l'habitude de s'arrêter devant les chevaux; il regardait, il voyait, il étudiait; si bien qu'à l'âge de huit ans, il modela dans la terre glaise un cheval, qui se trouve encore dans le salon de son père, au Collége de France. Il conservera toujours cette passion pour le cheval, soit comme sujet d'étude, soit comme exercice favori; mais je crois que ce fut là son seul essai de sculpture : le dessin et la peinture absorbent désormais toute sa pensée.

Regnault fut mon condisciple dans une chère maison, qui avait nom alors « Lycée Napoléon » et qu'un maître appelait déjà « un Lycée d'artistes. » Notre pauvre ami était un de ceux qui devaient le mieux justifier ce glorieux sobriquet.

En quatrième, on expliquait du Quinte-Curce ; on en était à la bataille d'Arbelles : H. Regnault suivait, non sur le texte, mais dans son esprit, le pénible mot à mot d'un camarade, et il traduisait à son tour le récit de l'historien sous la forme qui lui était déjà familière : il dessinait la *Bataille d'Arbelles.*

Ailleurs, notre professeur d'histoire, M. V. Duruy, avait remplacé les fastidieuses rédactions par des narrations, qui devaient être des exercices de composition et de style, et il avait désigné à Regnault, comme sujet, *la Mort de Vitellius.* Regnault traita la question et fit son devoir, ainsi que l'on dit dans la langue des lycéens : mais sa copie était un magnifique dessin à la plume.

Il avait adopté le dessin comme sa langue et semblait trouver en lui un moyen toujours facile et toujours fidèle d'exprimer sa pensée : de même Ovide ne pouvait parler qu'en vers.

Il ne faudrait pas croire cependant que, suivant un usage trop répandu, Regnault méconnût la haute valeur des études littéraires, et jugeât que pour être peintre il n'était besoin ni du grec, ni du latin, ni même du français : le vers latin l'attirait, au contraire, comme une occasion de développer les brillantes qualités de son imagination ; il fut, on peut le dire, un élève distingué : il eut même quelque succès au Concours général.

Mais le dessin était toujours son occupation favorite, et ses camarades se souviennent que *le Petit Regnault*, ainsi qu'on l'appelait dans ce temps-là, portait toujours avec lui, en récréation et même au réfectoire, un crayon et un album, ou, mieux encore, des feuilles volantes, qu'il se laissait prendre ou qu'il donnait facilement.

Vers 1859, il fit à la plume une dizaine d'illustrations, destinées à un André Chénier, pour un de nos condisciples, bibliophile en herbe, qui les habilla, comme elles le méritaient, en maroquin plein, et qui fit d'un volume de trois francs un bijou inappréciable. Nous ne savons pas ce qu'est devenu cet exemplaire unique d'André Chénier, non plus que les illustrations d'un Alfred de Musset, qui, je crois, ne furent pas poussées très-loin.

Au reste, H. Regnault avait déjà fait depuis plusieurs années son premier portrait : c'est celui de la fille d'un de nos vieux professeurs.

Aussitôt qu'il sortit du collége, H. Regnault entra dans les ateliers ; il reçut d'abord les conseils d'un ami de son père, M. Montfort, puis il fut admis chez Lamothe, et ensuite chez Cabanel.

C'est à cette époque que se place dans l'œuvre de Regnault une aquarelle que je possède (elle porte la date du 29 novembre 1860), et qui révèle un côté de la prodigieuse facilité de son talent. Regnault peignait une aquarelle pour un éventail et venait de jeter l'eau qui se trouvait dans le verre où il lavait ses pinceaux ; il ne restait plus qu'un peu de boue sale tombée au fond du verre, — lorsque j'entrai chez lui. Tout en causant, il reprit un pinceau et, après l'avoir trempé dans ce résidu multicolore, il le promena machinalement sur une feuille de papier qu'il avait devant lui ; au bout de quelques instants, il y avait là un mendiant et son chien : un peu de bleu pour la blouse, un peu de rouge pour les chairs, suffirent à compléter cette aquarelle largement mais grassement traitée, — lorsque je lui manifestai le désir de conserver ce souvenir. C'était un procédé de Goya qu'il retrouvait, sans connaître sans doute encore l'auteur des *Capricios.*

C'est encore ici que prennent rang, dans l'ordre chronologique, quelques dessins à la plume, dont l'un, reproduit à la fin de cette notice, avec rare fidélité, par le procédé de l'héliogravure, a pour titre : *les Chiens savants.*

Tout en se livrant à l'étude de l'art qui avait été jusqu'alors son unique passion et qui devait faire sa gloire, Regnault s'était épris d'un grand amour pour la musique ; mais, en musique comme en peinture, il ne montrait guère de parti pris pour telle ou telle école : il cherchait le beau partout et jouissait du plaisir de le trouver.

Il aimait la musique du XVIe siècle, et nous l'avons souvent entendu chanter de sa voix délicieuse de ténor de vieilles romances ou de vieux airs d'église; car il ne croyait pas que l'artiste dût jamais se contenter de jouer un rôle purement passif; il pensait que *art* veut dire *création.*

Il aimait Rossini; et quelles bonnes soirées nous avons passées ensemble, au parterre des Italiens, — alors qu'il y avait un parterre, — à entendre l'Alboni dans *la Gazza ladra* ou dans *Semiramide.*

Il aimait aussi Gounod et Camille Saint-Saëns, avec lequel il était lié par une vive sympathie.

En outre, il était un des plus fanatiques partisans de Richard Wagner : il ne se doutait pas alors qu'une balle prussienne dans la tête serait la récompense du sot enthousiasme que nous avons tous professé pour l'Allemagne.

En 1863, H. Regnault concourut pour la première fois pour le prix de Rome. Le sujet à traiter était : *Véturie aux pieds de Coriolan.* Il avait fait une œuvre digne assurément d'obtenir le premier rang ; et si je dis cela, ce n'est pas une phrase banale dictée par l'amitié, je sais que c'était l'opinion d'un juge éminent en matière de critique d'art, de Théophile Gautier, qui avait bien jugé Regnault, qui avait foi dans ses brillantes destinées, qui n'en parlait qu'avec admiration, et qui ne put retenir ses larmes lorsqu'il apprit sa mort. Mais le tableau avait un grand défaut : c'était d'être signé par un peintre de vingt ans, et il fut sacrifié au travail d'un rival qui avait atteint la limite d'âge.

Cet échec immérité attrista profondément H. Regnault : aussi l'année suivante ni sa famille ni ses amis ne purent le décider à entrer en loge. Mais s'il renonçait à la consécration officielle de son talent, il se présentait comme en appel devant le public, et il exposait au

Salon de 1864 le *Portrait de Portalis*, son ami, et un *Portrait de jeune fille rousse*, qui ne passèrent pas inaperçus.

En 1865, lorsque, encouragé par le bon accueil que le public lui avait fait, il revint au désir de concourir pour le prix de Rome, la maladie lui rendit tout travail impossible.

Ce n'est donc qu'en 1866 que Regnault se présenta pour la seconde fois au concours du prix de Rome : on sait qu'il remporta le prix avec son tableau de *Thétis offrant à Achille les armes forgées par Vulcain*; mais ce qu'on ne sait peut-être pas, c'est qu'un changement apporté par l'auteur à son œuvre, entre l'esquisse et le tableau, faillit, à la demande de quelques juges rigides, le faire exclure du concours : difficile pour lui-même, il n'était jamais content de ce qu'il avait fait. Et puis, pour tout dire, le grand reproche qu'on lui adressait, c'est qu'il était sorti de loge deux jours avant la fin du concours, — pour aller chanter dans un concert.

Quoi qu'il en soit, il obtint le premier grand prix. On a beaucoup remarqué dans ce tableau la finesse de la composition, l'énergie du ton, la douce harmonie des couleurs, la tête de Thétis pleine d'élégance, la tête d'Achille, qui était presque le portrait du peintre. Pauvre ami! oui, Achille c'était bien toi, et à ton tour, comme lui, tu devais mourir jeune d'années et déjà chargé de gloire.

Le Salon de 1866 se ressentit du Concours de Rome. Regnault n'exposa qu'une série de panneaux représentant des natures mortes, exécutées en collaboration avec Jadin, Blanchard et . Clairin, pour la salle à manger d'un château en Bourgogne.

Vers la fin de 1866, H. Regnault partit pour la villa Médici.

Là, sa vie se passait à faire des portraits, à courir les musées et la campagne romaine, à préparer ses envois, à dessiner sur bois des croquis qui parurent dans *le Tour du Monde*, pour illustrer les notes de voyage sur Rome, de Francisque Michel, et surtout à monter à cheval. Lui, qui, en peinture, s'il ne cherchait pas les difficultés à plaisir, savait du moins toujours les vaincre sans s'y laisser arrêter pour réaliser son œuvre, hardi cavalier, il choisissait de préférence les chevaux difficiles ou rétifs, si bien qu'un jour il faillit périr victime d'une imprudence.

En 1867, le choléra sévissait à Rome, et l'École française fut licenciée : H. Regnault profita des loisirs qui lui étaient faits pour venir à Paris et visiter l'Exposition universelle.

Que de fois nous avons ainsi voyagé ensemble dans des pays que nous connaissions tous deux ou que nous avions un égal désir de connaître ! Que de fois il m'a raconté le plan qu'il s'était tracé pour sa vie ! Il me parlait de ses projets d'avenir, de ses tableaux futurs, et il voyait partout des sujets qui le tentaient. Mais c'était l'Orient qui le séduisait et l'attirait avant tout. Collectionnant des bouts d'étoffes aux couleurs vives et bizarres, s'arrêtant devant un costume étranger, devant un pli de draperie ; passant de longues heures à écouter les psalmodies monotones et criardes des tsiganes, il cherchait à se soustraire à la vulgarité de nos types et de nos mœurs, heureux de recueillir une ample moisson de souvenirs.

A la fin de 1867, il retourna en Italie, et nous retrouvons Regnault à l'Exposition des envois de Rome avec *l'Automédon,* et au Salon de 1868 avec le *Portrait de M*me *D...* (la femme de l'un de ses amis), qui lui valut une médaille ; il joue déjà avec l'harmonie des couleurs, et peint une robe de velours rouge qui se détache sur une tapisserie rouge.

En septembre 1868, malade, il revient en France et s'arrête à Marseille; mais là, il apprend que l'Espagne vient de renverser le trône de la reine Isabelle. Convaincu, comme Benvenuto Cellini et Salvator Rosa, que l'existence d'un artiste ne doit pas se passer tout entière dans les ateliers ou dans les musées, à étudier les chefs-d'œuvre des maîtres, mais au contraire se mêler à la vie active, et que, pour bien sentir ce qu'on veut exprimer, soit par le pinceau, soit par la plume, soit par la parole, il faut avoir vu la réalité et *savoir son sujet*, il part en Espagne. Il nous enverra de nombreux souvenirs de ce voyage.

C'est d'abord le *Portrait de Juan Prim*, que le général avait commandé, mais qu'il refusa de payer, sous prétexte qu'il avait désiré son portrait et non celui de tous ces gueux, la tête couverte d'un madras, qui forment le fond du tableau et le cortége du comte de Reuss. Regnault s'était trompé : il avait cru trouver en Prim un républicain, et ce n'était qu'un ambitieux, qui voulait se servir de la Révolution, sans penser jamais à servir sa patrie. Quoi qu'il en soit, le cheval de Prim est une merveille comme puissance de modelé, comme énergie de touche, comme vigueur de coloris. Regnault était du reste à bonne école : il avait sous les yeux les chevaux de Velasquez et ceux de Goya. Ce tableau parut au Salon de 1869 et valut à son auteur une seconde médaille.

C'est ensuite (Salon de 1869) le *Portrait de Mme la comtesse de B....*, femme d'un officier suédois, Suédoise elle-même ou Française, je ne sais, mais habillée à l'espagnol, avec la mantille et la robe courte zébrée de blanc et de rose, qui laisse voir un pied andalou, le tout se détachant sur une tenture aux armoiries de la comtesse. Dans le pinceau souple et léger qui a peint ce portrait, on sent l'influence de Goya, dont Regnault avait compris la grâce charmante et la vigueur prodigieuse ; on sent aussi l'influence d'un autre artiste, son rival et son ami, jeune comme lui, comme lui déjà célèbre, de Fortuny, qu'il avait connu dans un de ses voyages et qui exposa au même Salon son *Contrat de mariage*. C'est une exception trop rare pour n'être pas signalée que cette profonde sympathie entre deux émules, qui n'était que la forme délicate d'une admiration réciproque.

C'est encore de Madrid que Regnault nous enverra sa belle copie des *Lances* de Velasquez (envoi de Rome 1869) et sa *Judith* au masque cruel, aux fines draperies de gaze, et aux chaudes couleurs. (Envoi de Rome 1869 et Salon 1869.)

Je l'ai dit, Regnault ne vivait pas enfermé dans son atelier ou dans les musées : la place publique et la rue offraient à son esprit des modèles qu'il ne laissait pas échapper volontiers.

Ainsi il rapporte d'Espagne une série d'aquarelles représentant tous ces types pittoresques de mendiants et de vagabonds qui pullulent en Espagne en tout temps, et surtout aux époques de crise : cette série fut vendue récemment à l'Hôtel de la rue Drouot.

Enfin il est un épisode curieux de la révolution d'Espagne qu'il est bon de rappeler, parce qu'il montre un des côtés pratiques de cet esprit si original et si primesautier. Le peuple n'avait que des drapeaux aux armes des Bourbons, et il n'en voulait plus : pour parer à cette pénurie, Regnault, sur la place publique, en plein vent, armé d'une brosse, improvise les guidons de la révolution, et ses tableaux, promenés au bout d'un bâton, font le tour de la ville.

En 1869, Regnault retourne en Italie, et c'est

là, dans la campagne de Rome, qu'il trouve le type de la *Salomé*, qui posera aussi pour la *Pythie* de Marcello. Ce n'était d'abord qu'une tête; Regnault y ajoute bientôt un buste : ce n'était encore qu'un portrait; mais, ajoutant un morceau à droite, un à gauche, un en bas, il fait la *Salomé*, un chef-d'œuvre, comme Salvator Rosa, de deux toiles peintes, en voyage, dans des pays différents, à des intervalles assez éloignés, faisait un tableau.

On a tout dit sur la *Salomé*, qui parut au Salon de 1870. On a parlé du miracle des jaunes sur jaunes, de la fraîcheur du coloris, du caractère fin et délicat du dessin, de la maestria du faire, de la tête charmante dans sa bestialité naïve, du voile lamé d'or, qui est une merveille, de la ceinture épaisse et cassante d'étoffes asiatiques nouée autour des reins. Je n'ai ni le loisir ni la compétence pour émettre à nouveau un jugement motivé; mais ce que je puis dire, c'est que la *Salomé* n'eut qu'une médaille, et cela après que onze tours de scrutin eurent été nécessaires pour départager le jury, hésitant à décerner la grande médaille à ce petit tableau ou bien au *Dernier jour de Corinthe*, de Tony Robert-Fleury. Je crois que l'on fit plus de cas de la

quantité que de la qualité, et Regnault ne fut
pas l'heureux vainqueur.

Mais nous avons un peu anticipé sur les évé-
nements, pour ne rien séparer de ce qui se rat-
tache au séjour de Regnault en Italie.

Pendant son voyage en Espagne, il avait vi-
sité Gibraltar, et de là — la tentation est si grande
et si facile à satisfaire — il était allé à Tanger.
Cette petite ville, qui n'est plus une forteresse,
si jamais elle le fut, offre au voyageur qui arrive
d'Europe un charme fascinateur ; elle devait sé-
duire Regnault par sa situation pittoresque, par
son architecture bizarre, et surtout par la richesse
et la variété des types humains qui affluent ,
les jours de marché, dans les rues de Tanger.

Il y retourna vers la fin de 1869, avec la pensée
de s'y installer pour quelques années : il s'y faisait même bâtir un atelier, et il comptait aller
au Maroc passer une ou plusieurs saisons, comme
d'autres vont à Bougival ou à Fontainebleau.

. C'est de Tanger que nous vint, comme envoi
de Rome pour 1870, son *Exécution sans jugement sous les rois maures de Grenade*, tableau
étrange, mais grandiose, vigoureux de conception et de coloris, qui est peu connu, parce qu'il
arriva la veille de la fermeture de l'Exposition,

et parce qu'il partit aussitôt pour l'Angleterre, où les œuvres de notre grand artiste étaient déjà connues et recherchées comme elles le méritaient. tandis qu'il n'y a pas un seul de ses tableaux dans un musée français.

Regnault était encore à Tanger au commencement de septembre 1870, lorsqu'il apprit le désastre de Sedan et la proclamation de la République. Patriote autant qu'artiste, il ne pouvait rester indifférent aux malheurs de la France, et tandis que d'autres auraient cherché à s'abriter derrière un privilége, il estimait que sa place était là où l'on se battait ; il n'avait qu'un désir : défendre son pays les armes à la main, et qu'une crainte : ne pas rentrer à Paris avant l'investissement.

Arrivé le 10 ou le 12 septembre, il s'engagea dans le corps des éclaireurs Lafont et Mocquard : il en sortit pour donner satisfaction à de tendres sollicitudes, mais à la condition de rejoindre un ami dans les compagnies de guerre de la garde nationale : il s'enrôla dans la 2e compagnie du 69e bataillon.

Regnault dessinait toujours ; j'ai vu quelques dessins de lui qui portent la date de 1871, et qui, crayonnés en courant (ce sont des portraits de gardes nationaux), témoignent toujours un faire merveilleux. Je dirai même que le 16 janvier, dans une vente de charité organisée au ministère de l'Instruction publique, on vendait, au profit des blessés, quelques aquarelles, véritables fêtes de couleur et de lumière, qu'il avait laissé tomber de son pinceau.

C'est le jeudi 19 janvier 1871 que H. Regnault est tombé sur le champ de bataille de Buzenval, dans le suprême et inutile effort de Paris pour tendre la main aux armées de secours.

Il se trouvait, avec son bataillon, devant ce maudit mur du parc. Toute la journée il demeura à deux cents pas du mur, sans pouvoir tirer un coup de fusil, car l'ennemi ne se montrait pas. Vers quatre heures et demie, alors que tout espoir d'enlever la position était perdu, la retraite sonna : Regnault ne bougea pas. Un de ses camarades courut à lui, lui disant de partir. « J'ai mis dans ma tête de ne revenir qu'après avoir tué un Prussien, dit Regnault! je reste. »

Hélas, il ne devait plus revenir!

Le lendemain, vers cinq heures du soir, un ambulancier, explorant le champ de bataille, remarqua dans une allée un soldat couché, la face contre terre; espérant qu'il n'était qu'évanoui, il retourna le corps : la figure était couverte de feuilles. Il ouvrit la capote de drap marron que portent les gardes de ce bataillon, lut sur une carte cousue à la doublure :

Regnault, peintre,
fils de Regnault (de l'Institut).

Et au-dessous, une adresse. L'ambulancier rapporta un médaillon, un bien cher souvenir, et un capuchon ensanglanté. Préoccupé avant tout de relever ceux qui vivaient encore, il continua ses recherches, se promettant bien de revenir près de notre ami; mais l'armistice venait de cesser, et l'ennemi menaçait de tirer.

On ne retrouva pas H. Regnault parmi les gardes nationaux tués que les Prussiens avaient remis à nos brancardiers pour être ramenés à Paris; on en conclut qu'il fallait encore espérer; on aimait à penser que notre ami n'était que blessé et prisonnier, quoique la déclaration de l'ambulancier fût malheureusement trop précise.

C'est seulement le 25 janvier que le peintre

G. Clairin, le compagnon intime, presque le frère de l'artiste, put, sous un monceau de cadavres, retrouver le corps refroidi de Regnault: une balle prussienne l'avait atteint à la tête, au-dessous de l'œil, près du nez. La mort avait dû être instantanée.

Le 28 janvier, tout ce que Paris possède d'hommes illustres dans les arts, les lettres et les sciences, et la 2ᵉ compagnie de guerre du 69ᵉ bataillon, rendaient les derniers devoirs et les derniers honneurs à Henri Regnault. Le recueillement de la foule était profond. Ce deuil suprême semblait résumer tous les deuils de la patrie. On se disait qu'une vie précieuse venait d'être tranchée; on comprenait qu'un pays n'existe que pour produire un certain nombre d'intelligences d'élite dont les chefs-d'œuvres sont transmis d'âge en âge, et déterminent son rang parmi les nations civilisées.

L'orgue était tenu par Camille Saint-Saëns, un ami de H. Regnault, qui a exécuté divers morceaux de sa composition. Un épisode touchant, qui a vivement ému quelques amis intimes, c'est un air dolent et triste que notre pauvre Regnault chantait peu de jours avant sa mort, et que, par une pieuse pensée où il a mis toute son âme, Saint-Saëns a intercalé au moment de l'Élévation : c'était un souvenir sympathique et douloureux pour ceux à qui il était donné d'en comprendre le sens profond.

Nous avions là, devant nous, des vieillards qui pleuraient amèrement en voyant disparaître un artiste que son talent destinait à recueillir leur succession ; — des jeunes gens qui pleuraient en voyant s'envoler leurs souvenirs les plus précieux, leurs espérances les plus chères, mais qui étaient fiers d'avoir aimé ce jeune homme, qui, à vingt-sept ans, nous lègue des œuvres impérissables et un acte immortel ; — et cette pâle et belle fiancée, si grande en sa douleur, qui, à genoux au pied du cercueil ou appuyée sur le bras de son père, laissait échapper dans ses larmes et ses sanglots un long rêve de bonheur.

Voilà quelle fut la vie et quelle fut la mort de H. Regnault : vie d'artiste, mort de soldat ! Notre pauvre ami a eu la double gloire de vivre pour l'art et de mourir pour la patrie.

La vie de Regnault fut tout entière consacrée à la peinture ; il y a là une unité vraiment remarquable, précieuse surtout pour l'artiste.

Amoureux de son art, il en avait la conception la plus élevée, le sentiment le plus délicat.

Il cherchait à rendre la nature non telle qu'elle était, non plus belle qu'elle n'était, mais telle qu'il la voyait par les yeux de l'esprit, c'est-à-dire transformée et transfigurée par l'idée créatrice.

Il avait une grande perspicacité, une vigueur de pensée peu commune, une conception forte de la singularité intime et personnelle des types, qu'il mettait dans tout leur relief, un sens profond de l'harmonie des couleurs et des secrètes affinités des nuances sous les disparates apparentes, une merveilleuse habileté de main, une rare distinction ; car c'est là un fait curieux : malgré sa prodigieuse facilité, il prenait l'art trop au sérieux pour s'égarer dans les vulgarités de la charge et de la caricature que nous aimions en France, parce qu'elle répondait à un des défauts de notre caractère ; il sentait qu'il reste toujours dans l'artiste quelque chose de ces habitudes de plaisanterie malsaine.

Idéaliste avant tout, il a fait de sa *Judith* comme l'image vivante, le symbole de la cruauté.

« Je n'en veux pour preuve, dit M. Armand Silvestre, que le couteau mince et aigu dont il a armé la main chargée de bijoux. Par un retour naturel à la légende biblique, on pense avec effroi que ce frêle poignard devra séparer une tête humaine de son cou mutilé, et la besogne épouvantable de la courtisane héroïque apparaît avec un raffinement d'horreur. Que la *Judith* d'Horace Vernet était moins terrible avec son yatagan de mameluck, naïf instrument de terreur! Mais aussi c'est que l'*Holopherne* de Regnault n'est pas un bellâtre frisé.... C'est un rude soldat, tout nu, aux cheveux ras, anéanti dans le sommeil d'une double ivresse, très-noir parmi des draperies éclatantes, un très-beau morceau de peinture n'ayant guère d'ailleurs que la valeur d'un accessoire. C'est la *Judith* qui est tout le tableau. Qui fait l'adorable brutalité de ce type sauvage? L'ombre profonde de sa chevelure aux reflets bleus, drue et jaillissante par nappes, une véritable *crinière tragique*, comme a dit le poëte des *Femmes damnées?* — La lumière vague où les paupières sont noyées par le rayonnement fauve des yeux indécis? — La rigidité des traits de la face? — La matité étincelante de la poitrine implacablement froide? — L'amoncellement de bijoux multicolores et de tissus métalliques autour de ce corps nerveux et brun? — Un peu de tout cela, sans doute, et plus que tout cela, ce que la volonté du peintre laisse de son âme et de sa pensée vivante dans l'œuvre qu'il a aimée. Et ne l'a-t-il pas bien comprise, cette figure légendaire de la trahison féminine, Judith, cette sœur de Dalila, fille de la race où les femmes adoraient l'or et les hommes le sang? »

Cette préoccupation du symbolisme suivra toujours H. Regnault, et nous pouvons remarquer qu'il a toujours peint volontiers des sujets farouches ou sanguinaires. Cette prédilection singulière était-elle un pressentiment?

On a comparé Regnault à Goya et à Delacroix. Je crois toute comparaison fausse : Regnault avait de plus que Goya un goût fin et une pureté exquise ; de plus que Delacroix une grande science du dessin : Regnault était Regnault.

Regnault était modeste, et lorsqu'un de ses amis lui disait, après l'apparition de la *Salomé*, qui lui avait valu la gloire de réunir autour de lui autant d'admirateurs fervents que de détracteurs passionnés:

« Tu sais, Riquet, il ne faut pas te griser : c'est beau, mais ce n'est pas encore un chef-d'œuvre.

« — Je le sais, répondit Regnault ; aussi je n'attache pas autrement d'importance à ce tableau ; mais, tu verras, un jour je pense faire mieux. »

C'est que, mécontent de ses œuvres dès qu'elles étaient finies, il accusait la défaillance de sa main, qui ne pouvait pas réaliser les rêves de son génie : l'idéal avait fui, et l'artiste, répétant la devise « Toujours plus loin », croyait que rien n'était fait s'il restait encore quelque chose à tenter.

Vis-à-vis de ses amis, il ne cherchait pas à faire valoir sa supériorité, il la cachait, pour ainsi dire, et s'il leur donnait un conseil, c'était sans morgue et avec un certain sentiment de défiance.

La France perd en Regnault un grand artiste, un futur chef d'école, qui devait renouveler l'art énervé par les mièvreries ou dégradé par le réalisme, et continuer les glorieuses traditions de la Peinture française. Une balle stupide, lancée par quelque paysan de la Poméranie ou du Brandebourg, — l'une des dernières tirées sous les murs de Paris, — en a décidé autrement, et cette mort est l'une des plus grandes pertes, peut-être la plus grande, que nous ayons éprouvée dans cette guerre déjà si pleine de deuils et de ruines.

En face de ceux qui, plutôt que d'exposer leur chère vie aux dangers et aux fatigues de la campagne et du siége, auraient volontiers laissé honteusement périr la France, sans même sauver son honneur, pour lui conserver une aristocratie intellectuelle, en face de ces Ugolins du patriotisme, comme on pourrait les appeler, « celui qui sacrifia, ainsi que l'a si bien dit notre ami Emm. Des Essarts, sans hésitation, à la France sa jeunesse, sa gloire certaine et son admirable talent, apparaîtra toujours comme un type poétique et patriotique à la fois, avec la beauté touchante des chutes tragiques et prématurées, et le sympathique rayonnement des génies interceptés à travers leur course radieuse, unissant, dans la fatalité comme dans l'exemple de sa fin, le trépas élégiaque de Géricault à la mort légendaire de Barra. »

31 janvier 1871.

HENRI BAILLIÈRE.

LES CHIEN

Dessin à la plume de H.

SAVANTS

ault. (Collection H. B.)

Achevé d'imprimer

LE VINGT-CINQ FÉVRIER MIL HUIT CENT SOIXANTE ET ONZE

PAR D. JOUAUST